U0012784

文／艾曼紐‧雷貝迪　圖／安妮‧海斯泰格　譯／林幸萩

主編／胡琇雅　執行編輯／倪瑞廷　美術編輯／蘇怡方

董事長／趙政岷　第五編輯部總監／梁芳春

出版者／時報文化出版企業股份有限公司

　　　　108019台北市和平西路三段240號七樓

發行專線／(02) 2306-6842

讀者服務專線／0800-231-705、(02) 2304-7103

讀者服務傳真／(02) 2304-6858

郵撥／1934-4724時報文化出版公司

信箱／10899臺北華江橋郵局第99信箱

統一編號／01405937

copyright © 2022 by China Times Publi shing Company

時報悅讀網／www.readingtimes.com.tw

法律顧問／理律法律事務所　陳長文律師、李念祖律師

Printed in Taiwan

初版一刷／2022年05月13日

版權所有 翻印必究(若有破損，請寄回更換)

採環保大豆油墨印製

JE SUIS EN COLÈRE written by Emmanuelle Lepetit and illustrated by Anne Hemstege
Copyright: © FLEURUS ÉDITIONS 2020 in France
Traditional Chinese edition arranged through Big Apple Agency
Traditional Chinese edition copyright:
2022 China Times Publishing Company
All rights reserved.

文/艾曼紐・雷貝迪

圖/安妮・海斯泰格

譯/林幸萩

我好生氣！

風暴船長

今天下午是我的朋友巴爾薩札的生日派對。
我玩了尋寶遊戲，吃了很多糖果，
還喝了很酸的柳橙汁。
超級開心！

你看到那個拿著帥氣長劍的海盜了嗎？
就是我，風暴船長，加勒比海最凶猛的海盜船長！

我才剛剛喊出我的戰鬥口號：「登船！」
巴爾薩札的爸爸就來到我的甲板上說：
「馬洛，你媽媽來接你了。」

現在可不是離開的時候，我正要展開攻擊呢！

「再五分鐘，媽媽！」

「不，馬洛，該回家了。穿上你的外套和鞋子。」

哼，這太氣人了！
你應該猜得到我很不開心⋯⋯風暴船長也不開心！
他不喜歡在遊戲中被打斷，你覺得他應該怎麼做？
拿著劍跑到船的另一邊？嗯！好主意！

這是在開玩笑吧？媽媽想辦法抓住我，幫我穿上鞋子。
我們現在走在街上。
「媽媽，我的腳受傷了，妳能揹我嗎？」
「不行，馬洛！你已經夠大了，可以自己走路了。」

哼！我討厭媽媽對我說不。我心裡的風暴船長開始發出嘶啞氣聲，
聽起來像轟隆隆的雷聲。
你也聽到了嗎？就是呀！

但你知道嗎？媽媽什麼也聽不見！我怎麼抱怨和抗議都沒有用！
現在我只能跺著腳走著，把我這把帥氣的劍拖在地上。

哎喲！媽媽在超市停下來買東西。怎麼不直接回家？
不過我突然覺得好餓。
「媽媽，可以買一根棒棒糖給我嗎？」
「不，馬洛，你今天吃夠多糖果了。」

又不行？我真的受夠了！我的拳頭緊緊握在劍上。
風暴船長占據我身體裡的空間越來越大，他一邊大叫一邊揮舞著劍。

我真的真的很想把劍扔在地上。
你覺得我應該這樣做嗎？是嗎？
哦，不！媽媽已經走了。快點，我必須追上她！
幫幫我：告訴風暴船長得保持冷靜！走開！

就這樣，我們到家了！我只想回到房間，窩在我的床上。

但是媽媽阻止了我，說：

「你，你，你，你要跑去哪裡？去浴室！」

要先洗澡？噢！不要，這太過分了！風暴船長討厭肥皂！我感覺有一陣
猛烈的怒吼聲從我的喉嚨裡湧出，像巨浪一樣高漲再高漲。小心，如果
他跑出來，會毀了一切的！

快，請幫幫我！

選擇一張卡片，
幫助風暴船長
發洩他的怒火！

呼!謝謝,我感覺比較好了。多虧了你,風暴船長收起了他的劍,回到自
己的小船,漂浮在浴缸的溫水中。
搖搖晃晃的,感覺很好。他漸漸在海浪中睡著了。

感覺好多了，我的心平靜了下來，身體也完全放鬆了。
這時候我想起今天在派對度過的快樂時光。
「媽媽，下次我生日的時候可以邀請朋友來玩嗎？」
你知道媽媽怎麼回答我的嗎？ 她說：「好啊！」

龍的怒火

今天，我決定穿新的運動鞋去上學。新鞋的側邊有龍的火焰，我迫不及待想把它們展示給我的朋友看。
但是爸爸指著窗外說：
「你最好穿上雨靴，下雨了。」
「不要！我不要穿雨靴，穿了腳很不舒服！」

運動鞋最讓我傷腦筋的地方是鞋帶，我集中注意力，一邊是一個大圈圈，
另一邊是一個小圈圈，然後⋯⋯
「馬洛，快點！我們要遲到了！」
噢！都是爸爸，害我鞋帶綁錯了！

「等等，我來幫你。」我的姊姊愛洛伊絲說。

眨眼間，她就幫我繫好鞋帶。真是的！我本來想自己繫的。

我有點難為情，好像有一顆小球卡在肚子裡。

出門以後，雨滴在我的雨衣上。我不太高興，這顆奇怪的球還在我的肚子裡，不知道怎麼把它弄出來。

我跳得過前面那個大水坑嗎？
剛好，巴爾薩札來了。
「你看到我的新運動鞋了嗎？來看看它們有多厲害！」

我衝過去，全速奔跑，然後……咻咻咻……我在溼答答的人行道上滑行。
嘩啦啦！我摔倒在水坑中間。

太糗了，我覺得更煩了！我發現肚子裡的球突然變大，好奇怪，它熱熱的，
而且還會動。你知道那是什麼嗎？

我待在教室裡的角落，試著用積木蓋一座漂亮的塔：兩個長方形，三個正方形
四根圓柱，在最上面加一個三角形，然後……砰！全部都倒了下來！
「噢不！」
我好想哭。這時候老師卻還罵我：「不要大喊大叫！」
我不想被懲罰，努力保持冷靜，但現在我身體內的球燃燒起來，
讓我全身發熱。

我咬緊牙齒，可是咬得越緊，球就滾得越快，噴出火焰！
哎呀呀！你覺得我會變成噴火龍嗎？

老師發下紙筆，宣布：
「今天，我們來畫有超能力的人。」
我全神貫注，因為我真的很想畫得很漂亮，可是我的手指卻在發抖，
我沒有任何超能力。
突然，巴爾薩札用手肘輕推我說：「你在畫什麼？一顆馬鈴薯？」
我眼睛閃過一道光，火焰從嘴巴裡冒出來。
怎麼辦，那隻龍要跑出來了，我再也忍不住了！幫幫我！
牠會咬人、抓人、噴火、撕毀一切！

馬洛需要你的幫助！
找一張卡片來
平息龍的怒火！

我好一點了，但還是很生氣。因此我在紙上畫了一隻巨大的龍，
朝著一個男孩噴火，不過他的超能鞋保護了他！
「哇，你畫得真好。」蘇珊娜笑著說。

這讓我感到非常自豪。下課後，我們跑出去玩跳水坑，我吞下從天而降的雨滴，雨滴澆熄了龍的怒火。

後來巴爾薩札也加入一起玩，我們笑個不停，回到教室時，我們全身都溼透了……而且也和好了！

感謝大象

去公園的時候，有件事讓我很不高興，我的姊姊愛洛伊絲可以爬繩網，
而我不行！
「不行，馬洛，你還不夠大。你看看，上面寫著：『六歲以下禁止使用』。」爸爸說

「不公平！」
「這是一個保護你的規定。」媽媽解釋。
我明明就可以爬得很好，這些大人發明的規則真討厭

因為不能爬繩網，我只好去那座給小小孩玩的城堡。
這太簡單了！我一下子就爬上了頂端。
猜猜看我看到誰？誰在公園的另一邊排隊等鞦韆？
「嘿！蘇珊娜！」

她看到我了！我高興的向她揮手。在她回應我的時候，一個比她高大很多的男孩，突然趁機推她，搶了她的位置！

我的心發出「砰」的一聲巨響！
「這不公平！！！」

我快速的溜下滑梯，跑到那個男孩面前。
但是他比我高兩個頭，很多想說的話在我腦中擠來擠去，可是我卻什麼話都不敢說。他笑著對我說：
「讓開，小寶寶，你擋到我的路了！」

我的拳頭握得很緊，心臟砰砰亂跳。感覺整個人都被壓扁了，就像有一頭很大的大象坐在我的胸口上。還好，蘇珊娜伸手拉住我。
「算了！來吧，我們去沙坑玩。」

我跟蘇珊娜在沙坑蓋一條大馬路，想把這個男孩忘掉。那邊有一條道路，
這邊有一座橋和一條河。在最中心，一座大城堡升起到空中。
這時候，他又過來了！
「我可以和你們一起玩嗎？」

大象很重，牠阻礙我呼吸。我搖頭拒絕，但男孩已經強占了一輛卡車。
「轟轟轟！」
我們蓋的道路被毀了，橋也塌了，城堡也垮了……
他破壞了一切！
砰砰砰！大象的大腳掌壓在我身上，牠用象鼻超級用力的吹氣。

蘇珊娜握住我的手，但是我什麼都感覺不到。
然後，大象突然發出一聲巨響！
我全身緊繃，抓起一大把沙子。我舉起雙手⋯⋯
哦，請幫幫我，否則我會弄得一團糟！

趕緊找一張卡片，
讓馬洛吹走
他身上的怒火！

謝謝！幸虧有你，我沒有丟沙子。那個男孩跑了，但大象還沒離開。
爸爸媽媽走過來，我把事情的經過告訴他們，讓我感覺好多了。
眼淚順著我的臉頰滾落。他們每個人都接受了一點點我的憤怒，
大象慢慢的躺在我旁邊。
「他的行為是不正確的！」
「你是對的，我理解你為什麼生氣。」爸爸說。

那一天，雖然我還是沒有爬繩網，但我做了更好的事，我馴服了一頭大象！
後來我和蘇珊娜一起重蓋了一座更美麗的新城堡！

在這裡找一張卡片，
幫助馬洛在每個故事中平息他的憤怒。
選擇權在你手上，哪一張都可以！

想一想，你什麼時候會生氣？
什麼可以幫助你冷靜下來？
下次想發火之前，
試試看使用這些卡片吧！